L'A:

210

© 2014 Giulio Einaudi editore s.p.a., Torino

I brani di Alessandro De Roma e Michela Murgia sono pubblicati in accordo con l'agenzia letteraria Kalama

Il brano di Paola Soriga è pubblicato in accordo con l'agenzia letteraria Santachiara

I proventi di questo libro saranno devoluti alla comunità di Bitti (Nuoro)

www.einaudi.it

ISBN 978-88-06-22157-7

Sei per la Sardegna

A cura di Marcello Fois

Einaudi

L'acqua ricorda

Secondo l'antica saggezza dei sardi l'acqua ricorda. *S'abba tenet memoria*. Sarebbe a dire che nonostante le siccità, nonostante le costrizioni, nonostante gli interventi, piú o meno onnipotenti degli umani, lei ritorna sempre, esattamente, ostinatamente, al suo alveo. A farcela ritornare è una specie di istinto primordiale, come un pianto che non si riesca a trattenere. All'uomo spetterebbe di considerare quest'istinto, che è anche suo, della sua carne, e costruire il suo progresso senza che questo diventi una bomba a orologeria.

L'alluvione che ha colpito la Sardegna dimostra quanto possa costare, anche in termini di vittime, lasciare che il proprio territorio divenga il campo di battaglia di una guerra tra lo sviluppo malinteso e le forze della Natura. Un'alluvione straordinaria si è detto. Si è detto: un fenomeno imprevedibile. Senza contare che, probabilmente, il fenomeno piú imprevedibile è stata la siccità che per un decennio ha martoriato l'isola.

Dopo tanto silenzio, il fragore detonante degli scrosci di pioggia si è schiantato su una terra che il secco, e l'uomo, avevano radicalmente modificato. Ma, come abbiamo detto, *S'abba tenet memoria*, l'acqua ricorda, e ricorda dove stava il suo letto nonostante le villette a schiera che gli uomini vi hanno costruito sopra. E ricorda che da sempre, e per sempre, nei casi di piena eccezionale, andava a sversarsi in quelle zone umide che l'uomo ha prosciugato per costruire parcheggi o centri commerciali.

La saggezza dei popoli si spinge sino a capire che qualunque evento eccezionale diventa mortale quando l'uomo ci mette del suo.

Allora che fare? Intanto mobilitarsi per le prime necessità di tutti coloro che hanno perso ogni cosa sotto la piena. E perciò, i sei scrittori sardi di Einaudi – Abate, De Roma, Fois, Mannuzzu, Murgia, Soriga – hanno pensato di riunirsi, mettere a disposizione quello che sanno fare per organizzare una piccola antologia, un instant book a basso costo, da offrire ai lettori perché il loro contributo alla causa degli alluvionati in Sardegna non sembri carità, ma contributo riconoscente. La casa editrice li ha ospitati e incoraggiati. Autori ed editore hanno rinunciato ai proventi.

Sono racconti e intrusioni poetiche, mai ammiccamenti o perorazioni. Chi compra questo libro aiuterà la comunità di uno dei paesi piú devastati dall'inondazione. Grazie.

Sei per la Sardegna

Un uomo fortunato
di Francesco Abate

Questa storia è un piccolo risarcimento, uno di quei rimborsi che solo la letteratura può dare fissando nella memoria comune, attraverso una pagina stampata, sofferenze, ingiustizie, vite incredibili e perigliose (ma sconosciute) che rischierebbero di essere archiviate in un *amen* e destinate all'oblio. Come la breve esistenza di un bambino dagli occhi profondi, brillanti come una buccia di castagna, capelli ricci e neri, cosí neri da sembrare penne di corvo. La sua specialità era il sorriso, quel fantastico sorriso che ha saputo tenere saldo anche nelle peggiori avversità, capace di far innamorare chiunque lo incontrasse.

Questa è la storia di Gabriele che sardo non era ma che sardo fortemente volle diventare.

Tutto inizia il 21 febbraio 1937, siamo a Roma, è domenica (i giallorossi stanno sfidando la Lazio davanti a ventisettemila spettatori) e Gabriele compare sul palcoscenico della vita fra i lamenti sommessi di Anna e l'attesa inquieta, fuori dalla sala parto, di Ciccio. La Roma vince su punizione di Mazzoni e un lungo vagito mette fine al travaglio.

Anna e Ciccio sono due giovani di ventisei anni. Anna ha un piccolo negozio di tessuti. Ciccio, orfano di madre, è un giovane ufficiale fresco dell'Accademia di Modena.

Il loro primo incontro fu davanti a un rotolo di tessuto, steso sul bancone del negozio *Saporito*, a Torre Annunziata. «Una stoffa perfetta per un nuovo cappotto», disse Anna congedando la sua breve frase con un sorriso, quello che avrebbe ereditato Gabriele. Ciccio s'innamorò senza scampo. Anna no. Si fece corteggiare e attese prima di prenderselo.

Chissà se giocò a favore di Ciccio la fede di quella ragazza (monarchia senza cedimenti) e il fatto che lui avesse giurato fedeltà al re. Chissà, di certo quel tratto in comune lo favorí.

In piú, Ciccio scoprí di coltivare come lei un grande sogno. Un miraggio che li accomunava a una buona parte dei giovani di quegli anni: vivere l'avventura coloniale nell'Africa d'Italia. Attesero la nascita di Gabriele. Pochi mesi dopo finalmente la partenza.

Ciccio si fa assegnare come primo incarico della sua lunga carriera un comando ad Addis Abeba. Gabriele racconterà che, ai suoi occhi di bambino, quei primi anni della sua vita nella capitale etiope sono visti come un viaggio fantastico, una favola esotica.

Anche Anna e Ciccio sono entusiasti, credono

fortemente nel sogno coloniale. Però non sono due imbecilli. Ben presto si rendono conto che qualcosa scricchiola in quell'abbaglio contrabbandato dal regime. Capiscono che qualcosa non funziona.

La guerra che sconvolgerà il mondo inizia a bussare alle porte e Ciccio da buon militare ha la certezza che il fronte africano sarà uno dei piú duri. Cosí prende una decisione che ogni padre avrebbe approvato e condiviso: decide di mettere al sicuro la propria famiglia.

Quando pensiamo alla parola sicurezza subito pensiamo alla parola casa. E cosí pensa Ciccio che rimanda immediatamente in Italia la sua Anna, nuovamente incinta, e il piccolo Gabriele. Peccato però che la casa di Anna, Ciccio e Gabriele, quella preparata per il giorno in cui sarebbe finita l'avventura africana, fosse a Napoli.

Ciccio non poteva sapere quello che la storia ci ha insegnato: non poteva neppure immaginare che Napoli sarebbe stata una delle città che avrebbe pagato uno dei piú alti tributi al conflitto.

La guerra a Napoli mostra la sua peggior faccia. E Anna è una ragazza che gira per le strade della città, ritagliandosi una sopravvivenza, con lo scopo di preservare se stessa e Gabriele dall'orrore e dal degrado, da ogni compromesso e dalle bombe.

In Africa le cose non vanno certo meglio. L'esercito di Ciccio viene spostato da Addis Abeba prima in Tripolitania poi in Cirenaica e lí gli inglesi picchiano duro, vogliono vincere. È battaglia ogni giorno fra il caldo asfissiante, poca acqua, viveri scarsi e dotazioni militari da operetta. Eppure gli italiani resistono. Sinché una mattina Ciccio viene bloccato con il suo mitragliatore inceppato nella trincea che difendeva. Una baionetta inglese al collo: non gli resta che alzare le mani in segno di resa.

Viene infilato in un treno piombato insieme a decine di migliaia di giovani italiani. Li portano in quello che loro definiranno «il confine del mondo». Perché a quei ragazzi, che prima di partire per la guerra al massimo avevano visto i paesi vicini in occasione della festa del santo patrono, i piedi dell'Himalaya sembrano i confini della terra. Un bellissimo libro racconta come quei soldati sconfitti arrivarono a migliaia e a casa tornarono in pochissimi. Ciccio dice che quello non è un luogo di prigionia ma un vero campo di concentramento. A tavola, per pranzo e cena, solo bucce di patate e freddo. Gli inglesi terranno Ciccio fra quel filo spinato per parecchi anni dopo la fine della guerra.

E Gabriele? Gabriele è un bambino che cresce non soltanto nell'orrore e nelle privazioni ma anche nel dolore e nell'attesa straziante. Perché quando finalmente arriva la pace, mentre i padri degli altri tornano e la vita riparte, oppure si sa che non torneranno mai piú e si prova a far ripartire comunque una nuova esistenza, lui invece ha un padre nel limbo. Lí in un posto che ogni tanto indica sul mappamondo: l'Himalaya.

Ciccio alla fine tornerà a Napoli ma ritornerà per morire. Lo porterà a casa una nave ospedale della Croce Rossa. Mossi da pietà i suoi carcerieri decisero di dare un'ultima disperata possibilità a quell'ufficiale devastato da una brutta infezione. Forse li colpì uno strano fatto. Quel sacchetto di pelle e ossa aveva deciso caparbiamente di imparare la loro lingua studiando ogni sillaba di Shakespeare.

Quando la nave scarica Ciccio sulla banchina del porto, tutti pensano che per lui da lí a pochi giorni sarà la fine. Chi non ha dubbi, *Ciccio ce la farà*, è Anna, con Gabriele e la piccola Ambretta che osserva con circospezione quel mezzo cadavere. Ispeziona curiosa e si domanda se veramente ha davanti il fantastico padre di cui ha sempre tanto sentito parlare ma il cui volto non assomiglia per nulla a quello che c'è nella foto che le hanno appuntato sulla testiera del lettino.

Anna crede nei miracoli. E il miracolo arriva.

La vita riprende. Anche per Gabriele che cresce nel rigore, secondo un'educazione molto rigida tipica dei sopravvissuti. Ciccio poi viene spostato ogni due anni in una città diversa, Roma, Milano, Trieste, Firenze, Genova, Torino. La sua carriera militare sarà un viaggio ininterrotto per l'Italia. A discapito della famiglia.

Gabriele è un ragazzo che non riesce a mettere radici, non ha lo stesso compagno di banco per piú di due anni. E ne soffre, ma a chi gli chiede se tutto ciò gli pesa, fa spallucce e sfodera il suo sorriso. Decide di pagare nella solitudine il suo tributo. È un nomade, soprattutto negli affetti. Sinché accade l'impensabile.

A Ciccio viene assegnata una nuova destinazione. Una di quelle che si rifilavano ai militari un po' riottosi: la Sardegna.

Partono tutti con le facce storte, ma bastano pochi mesi per capire che questa volta sono in un posto diverso. Quasi magico. Quel mare placido, quel calore che non è solo della natura. Passano due anni. Felici.

Gabriele è ormai uno studente universitario: matricola a Torino, ora è pronto per la laurea in Giurisprudenza a Cagliari. Ma quando sta per prepararsi alla tesi per Ciccio arriva l'ordine di un nuovo trasferimento: si torna a Roma.

Come mai nella sua vita questa volta Gabriele affronta il padre, colonnello prossimo ai gradi di generale. Lo guarda in faccia e gli dice senza tremori: Papà io non mi muovo da qui, questa è la terra che curerà le mie ferite, che mi ha saputo accogliere come nessun altro dei luoghi dove siamo stati. Qui proverò a dimenticare il peggio e a ripartire. Questa è la terra dove proverò a metter su famiglia, dove voglio che nascano e crescano i miei figli. Dove voglio vivere sino al mio ultimo respiro.

C'è un momento nella storia di Gabriele che racconta il giorno in cui è stato davvero e finalmente un uomo appagato.

Chiesa di San Saturnino, Cagliari, 1963, Gabriele e la sua giovane sposa Mariella escono dalla chiesa fra gli applausi e i chicchi di riso. Sono entrati fra quelle navate ragazzi e ne escono adulti. Come tanti di noi che siamo entrati in una chiesa (o in un municipio) e quando siamo sbucati fuori eravamo un uomo e una donna. Eppure quel giorno caldo e dolce, 6 luglio 1963, quel sabato allegro, carico di buoni propositi e fantastiche speranze è il preludio di un terribile tradimento.

Tre anni dopo l'uscita da quella chiesa, Gabriele si ammala gravemente al fegato, entra in un ospedale da cui non uscirà mai piú.

La sua sarà una vita segnata dai continui ricoveri. Molti lontano dalla Sardegna. Come tanti isolani che prendevano una valigia, anche Gabriele (che sardo non era, ma sardo si sentiva) salirà a testa china sul traghetto della Tirrenia e andrà nelle città del Nord Italia a farsi curare. Affronterà viaggi carichi di speranza per provare a cambiare il suo destino. Gabriele passerà una vita sottoponendosi a tantissime cure, spesso inutili e ancor piú spesso dolorose. Subirà numerosi interventi chirurgici altrettanto inutili e penosi.

Eppure nonostante sia stato un bambino nato nella privazione e nell'orrore della guerra, nonostante sia un uomo che ora vive nel dolore e nell'incertezza della malattia, Gabriele, dicono gli amici, non è mai stato visto triste, mai. Arrabbiato sí, indignato anche, ma triste no.

È soprattutto combattivo.

Finiti gli studi di Giurisprudenza, diventa professore all'Istituto tecnico per geometri Bacaredda e decide di insegnare Diritto nei corsi serali per lavoratori. Quegli studenti sono per la gran parte muratori: hanno appena lasciato i cantieri ed entrano in classe ancora sporchi di calce e cemento. Anche loro vogliono cambiare il destino della loro vita e di quella dei figli.

È in quei giorni, durante le lezioni notturne, davanti a quei padri di famiglia ben piú grandi di lui, che Gabriele capisce il suo ruolo nel mondo. Pensa che tutte quelle dosi d'ingiustizia, sfilate davanti ai suoi occhi e provate sulla pelle, possano trovare un ordine e un riscatto attraverso l'esercizio della giustizia.

Diventa avvocato, prima del sindacato e poi di tanti che avevano necessità di lui. Anche se la malattia incalza, anche se le forze si affievoliscono. Sorride e non si fa prendere dallo sconforto.

A dire la verità, ci sono due momenti in cui quest'uomo è stato visto triste. Solo due. Uno è raccontato dall'immagine di un fotografo scattata nei giorni della guerra.

Lo scatto, un po' sbiadito, in bianco e nero,

fa comparire prima un fantasma, poi un altro piú piccolo che si fa condurre per mano da quello piú grande. Sono Anna e Gabriele che percorrono una via di Napoli. Anna, mentre cammina, ha in mano e legge le lettere dalla prigionia che le manda Ciccio. Nel suo cappotto povero e liso, nelle sue calze arrotolate alle caviglie, sembra uno spettro. Stretto in un cappottino, con lo sguardo rivolto a terra, c'è al suo fianco il piccolo Gabriele. Triste, avvilito. Ma non spaventato.

C'è soltanto un altro momento in cui Gabriele fu visto scoraggiato. Molto tempo piú tardi.

Dopo i cinquant'anni Gabriele è un uomo che ne dimostra ottanta. La malattia l'ha umiliato nel fisico. Non nell'anima. Cosí ogni mattina va a Palazzo di Giustizia. Anche quella mattina di settembre del 1990, anche se la borsa gli pesa, anche se è chino su se stesso, il colore della sua pelle è scuro, improponibile. È uno scheletro. Ha perso tutti i capelli, i ricci neri sono un ricordo. Solo una cosa il male non gli ha strappato via: il suo incredibile sorriso che dispensa a chi incontra mentre va a lavorare e poi sulla strada di ritorno verso casa.

Non quella mattina, però. Chi lo vede rientrare nota in lui un tratto mai visto. Gabriele ha la faccia della tristezza. In famiglia gli chiedono perché, lui non dà risposte.

Solo anni piú tardi si saprà cosa gravava sulla sua anima, il perché quella mattina Gabriele di rientro dal Palazzo di Giustizia portava con sé un'amarezza infinita.

Alcuni suoi colleghi avevano pensato che un uomo cosí ridotto, esteticamente inaccettabile, portasse sfortuna.

– Quando passa Gabriele, toccatevi.
– Quando passa Gabriele, allontanatevi
E gli diedero un tremendo soprannome: Tocchiballe.

Gabriele quel giorno tornò a casa triste non tanto per il trattamento terribile che gli avevano riservato, quanto perché non riusciva a darsi pace.

Non riusciva a capire come, in un luogo deputato alla giustizia, degli uomini votati alla giustizia potessero commettere un'ingiustizia cosí grande nei confronti di una persona malata.

Nel suo ultimo giorno di vita, il 14 marzo 1992, Gabriele si trova ricoverato all'ospedale oncologico di Cagliari e intorno a sé ha i colleghi di studio e i giovani praticanti. Sul suo letto sono sparse le carte di un'ultima battaglia legale.

Gabriele anche in quei giorni, fino alle ultime ore, vuole sentirsi utile. Vuole essere un piccolo, piccolissimo, meccanismo della giustizia in terra.

La notte del 15 marzo 1992, cinquantacinque anni compiuti da una manciata di giorni, Gabriele muore fra le braccia di suo figlio Giuseppe. Le sue ultime parole furono:

«Sono stato un uomo fortunato».

Quando Gabriele si ammalò mi ammalai anch'io. Lui aveva ventinove anni, io due. Stessa malattia, identico cammino, sofferenze parallele. Paure condivise. A differenza sua, la mia vita, come quella di suo padre Ciccio, fu salvata all'ultimo minuto. A differenza di quel bambino dai ricci corvini, sono stato liberato dal progredire della scienza medica, dalle tecniche di trapianto. E da un miracolo. Il miracolo del dono. Quello di una ragazza che morendo ha deciso di offrire ogni suo organo. A me ha concesso il suo fegato sano.

L'ha fatto affinché anch'io, nel giorno in cui me ne andrò, possa dire come Gabriele, mio padre:

«Sono stato un uomo fortunato».

E se fosse una malattia?
di Alessandro De Roma

Gli stranieri di Sudder Street.

A Calcutta i turisti sono rari. Quei pochi che vengono stanno dalle parti di Sudder Street: in qualche giorno vedono quel che c'è da vedere, poi proseguono in treno per Varanasi e, da lí, per Kajuraho; a volte visitano la riserva nazionale delle tigri – il Sundarban – e la foresta delle mangrovie. Oppure prendono un volo per Bangkok.

A Sudder Street si ritrovano per mangiare in posti piuttosto squallidi: le varie esperienze con la burocrazia negli internet caffè sono ottimi argomenti di conversazione tra forestieri.

Nel 2008 a Sudder Street e a Park Street, le due vie piú *turistiche* della città, non ci sono ancora McDonald's. I pochi che esistono a Calcutta si trovano in zone piú periferiche: all'interno degli shopping centre piú grandi, frequentati quasi esclusivamente dalle classi benestanti. Anche le catene chic Café Coffee Day e Barista Lavazza non sono cosí diffuse in centro. Niente Burger King, niente Starbucks.

Arriveranno tutti.

Chi vuole fare l'esperienza di essere uno dei pochi turisti in giro per Calcutta si deve sbrigare. Deve andarci adesso: socializzare con i giovani inglesi, francesi, australiani che hanno goffamente inserito Calcutta nel loro biglietto aereo Star Alliance per il giro del mondo. È bello riconoscersi. Sorridersi. Anche semplicemente stare negli stessi posti: i piú accoglienti, i piú decenti.

Tutti hanno quello strano sorriso pieno di sollievo tipico dei turisti capitati in un posto «non turistico»: a differenza di quel che succede in tutte le città turistiche dell'India, qui gli uomini non seguono le straniere bionde per le strade, i tassisti o i venditori non sono assillanti, tranne che a New Market. La proposta di pacchetti per le escursioni turistiche è limitata e spartana. E, se qualcuno di Calcutta ti avvicina, non è quasi mai perché vuole convincerti a comprare questo o quello, ma solo per salutarti, sorriderti e domandare da dove vieni; o ancora per chiedere di essere fotografato o di fare una foto assieme a te.

Italia? Sonia Gandhi. La madre dell'India. La nostra madre.

E alla fine non c'è niente da comprare.

Ma già adesso o l'anno prossimo potrebbe essere troppo tardi: nel mondo intero per i turisti non resterà piú nulla di non turistico; nemmeno Calcutta.

Machu Picchu, la dea Kali e i fratelli Righeira.

E se il turismo fosse una malattia?
Una specie di virus che ha contagiato milioni di persone nel corso degli ultimi secoli? La smania di fotografare e catalogare tutti quei luoghi che, in misura piú o meno grande, possano essere considerati simbolo di qualcosa.
Ognuno alla ricerca dei simboli del «male turistico» che lo ha contagiato: ricchezza (Montecarlo o Las Vegas), sensualità (Brasile o Cuba), arte (Firenze o Berlino), avventura (Africa, Sudamerica).
India, spiritualità.
Cosa ne sarebbe di me se finalmente andassi a Pechino o a Rio de Janeiro?

Il turismo però non è solo una malattia dell'anima, un'ingordigia della conoscenza; è soprattutto una malattia dei luoghi.
Ci sono posti del mondo che sono diventati la caricatura di se stessi, e dove i viaggiatori sono trattati come mucche da mungere. Spesso neppure se ne accorgono, oppure, quando se ne accorgono, perdonano o lasciano correre. L'importante è tornare a casa con il nuovo pezzo da aggiungere alla collezione.
Una destinazione turistica è come una nave carica di ori e gioielli, che si lascia volentieri assaltare dai pirati; anzi i pirati li chiama, li attira in tutti

i modi ma, quando quelli finalmente arrivano per fare il colpo, sono invece proprio loro a essere derubati: lasciano sulla nave altri ori, che si aggiungeranno al carico sempre piú pesante e se ne torneranno a casa con un bagaglio di cianfrusaglie. La nave, ormai stracarica, diventerà sempre piú nota e piú desiderata nel mondo dei pirati: tutti ci vorranno andare, per vedere coi propri occhi l'entità di quel tesoro straordinario.

Dovrebbe affondare, pesante com'è ormai diventata, ma non affonda. Troverà sempre il modo di galleggiare; anche quando sembrerà una bagnarola sgangherata, o un giocattolo tormentato e poi abbandonato da un bambino pestifero. Non si smetterà di inseguirla per tutti gli oceani.

Il paese del mondo nel quale ho sperimentato gli effetti piú devastanti del morbo turistico è il Perú: sul lago Titicaca, sulle Islas Flotantes, vivono ancora alcune migliaia di persone che si proclamano membri della etnia Uros, la popolazione che secoli fa ha lasciato la terraferma per costruire le isole galleggianti, forse nel tentativo di sfuggire alla conquista degli Inca. Si tratta di una popolazione cosí antica che, secondo la leggenda, esisteva già prima del sole, quando sulla terra non c'erano ancora luce e calore.

Sul Titicaca gli Uros hanno costruito dei veri e propri capolavori di architettura lacustre: isole artificiali fatte con canne speciali (*totora*) e fango. Le loro creature galleggiano sul lago a 3812 metri sul livello del mare e sono davvero belle: diverse da qualsiasi altra isola si possa vedere nel mondo. Un pezzo unico della collezione turistica.

E infatti è soltanto per i turisti che ormai gli Uros le disfano e ricostruiscono continuamente: coccolati dal governo peruviano, protetti, ma praticamente confinati sul lago, come caramelle in mostra dal tabaccaio.

A dirla tutta non si tratta neppure di veri Uros. L'ultimo membro «puro» appartenente alla popolazione Uros sembra sia morto qualche decennio fa. Adesso sulle isole regna il meticciato. La prelibatezza Uros è estinta, introvabile. Bisogna accontentarsi delle imitazioni.

Ma questo le guide turistiche di solito non lo dicono.

La gente che vive sull'isola parla infatti la lingua aymara, come in gran parte di quella regione del Perú, e non la lingua degli Uros.

Appena si arriva sulle isole dalla città di Puno, si paga il biglietto di ingresso e si viene accolti da donne festanti con lunghe trecce ornate da pompon coloratissimi.

Nelle capanne però gli pseudo-Uros hanno la televisione. Nelle tasche degli abiti tradizionali, il cellulare. Le donne portano i turisti a visitare le capanne; e le capanne sono sempre negozietti di artigianato. Poi mandano in giro i loro figli di quattro o cinque anni ad abbracciare i turisti (e a porgere la mano per un'offerta). Infine salutano i visitatori con un'esibizione canora: canti tradizionali misteriosi e allegri, in lingua uros e in lingua aymara.

L'ultimo brano è il pezzo forte del repertorio, scelto per augurare buon viaggio agli ospiti che lasciano le isole per proseguire il giro sul lago. Si tratta di *Vamos a la playa*, il celebre successo popdance italiano degli anni Ottanta, capolavoro dei fratelli Righeira, scritto in lingua italo-ispanica da Righi e La Bionda e portato al successo in America Latina dai messicani Los João nel 1983.

Peccato che l'ultimo Uros non abbia fatto in tempo a sentirla.

A Machu Picchu l'esperienza del morbo turistico diventa ancora piú estrema: i ricchi bianchi occidentali che vogliono visitare i resti della città inca, possono prendere il treno da Cuzco e poi seguire il lungo percorso di trekking che dura tre o cinque giorni fino alla cittadina di Aguas Calientes. Da lí, in due ore di ascesa, si arriva in cima e si può scattare la celebre foto delle rovine tra i picchi verdeggianti. Se si ha meno tempo a disposizione, o meno voglia di camminare, si prosegue col treno fino alla destinazione finale.

È quello che fa la maggior parte dei turisti. Il biglietto del treno in ogni caso è carissimo: facendo una media delle varie combinazioni possibili, non se ne esce con meno di centocinquanta euro per poche decine di chilometri di percorso e per la visita.

Appena si scende dal treno, a un centimetro dal cancello della stazione di Aguas Calientes, inizia il mercatino dei souvenir, con bancarelle talmente fitte e appicciate l'una all'altra che, per riuscire a intravedere le prime orrende palazzine della cittadina, bisogna per forza attraversarlo tutto, cercando di uscirne il piú presto possibile. Poi si paga il pullman per salire fino alle rovine (nel 2008, sette euro) e, infine, il biglietto di ingresso per il sito (trentadue euro).

Sui binari i bambini di Aguas Calientes seguono il lussuosissimo treno *Vistadome Perúrail*: non è difficile perché il treno è lentissimo e, per coprire le poche decine di chilometri che separano Cuzco da Machu Picchu, impiega molte ore. Sul treno vengono distribuite eleganti scatole che contengono la colazione.

Non appena il convoglio lascia Cuzco alla volta di Aguas Calientes, parte la musica tecno che annuncia una sfilata di moda: a sfilare è lo stesso personale del treno, ma con il rinforzo di una ragazza ruspante, del genere «coro parrocchiale». Indossano capi di alpaca, che poi i turisti potranno acquistare selezionandoli dal catalogo Perúrail.

La foresta scorre oltre i finestrini, inavvertita, ignorata.

I turisti hanno pagato centocinquanta euro per salire sul treno e attraversare la foresta fino a Machu Picchu, ripercorrendo il favoloso sentiero scoperto dall'esploratore statunitense Hiram Bingham nel 1911; ma la cosa sorprendente è che, quando la sfilata di moda comincia, non solo non scattano in piedi per protestare e chiedere il rimborso del biglietto, ma sembrano addirittura molto soddisfatti. Neppure guardano fuori dai finestrini: battono le mani a tempo di musica, fischiano, gridano, come a un peep-show ad Amsterdam o a una festa di addio al celibato.

Un vecchio signore americano scorre il catalogo dei pullover di alpaca e confessa al suo vicino «difficile resistere a certe tentazioni». Ma poi non comprerà nulla perché i prezzi sono davvero alti: si compra meglio al mercato di Cuzco o di Lima e anche lui, dopo tutto, dovrà fare i conti con la pensione: tutta la giornata a Machu Picchu non gli è costata meno di trecento dollari, fra treno, bus, souvenir, ristorante e biglietto di ingresso, e ora bisogna darsi una regolata.

Chissà che cosa pensano invece i ragazzini che continuano a seguire il treno lungo i binari. Non hanno l'aspetto di bambini poveri. Indossano scarpe e magliette pulite. Qualche turista apre ogni tanto il finestrino e getta una penna o un avanzo della colazione. I bambini raccolgono tutto, ma non sembrano molto soddisfatti. Vogliono denaro liquido, non cibo sintetico. Vogliono poter liberamente disporre di un piccolo capitale, anche loro, come i marziani che vedono passare sul treno *Vistadome*, tagliando in due la giungla scintillante.

La giungla scintillante. Già. Ma poi chi l'ha vista? Per l'eccitazione dei pullover di alpaca, la maggior parte dei passeggeri si è perfino dimenticata di scattare le foto: la prima cosa da fare, tornati a Cuzco, sarà comprare delle belle cartoline.

Quei bambini: giocano a fare i poveri per impietosire i turisti o sono poveri davvero? Impossibile dirlo.

Sono io ad aver dipinto la delusione e l'amarezza sui loro volti, oppure esisteva veramente?

In India è quasi impossibile che un luogo noto ai turisti possa anche conservare angoli di tranquillità. Di per sé, nessuna città indiana è davvero tranquilla o rilassante, e nei luoghi turistici la bolgia diventa insopportabile. Si vende di tutto, a tutte le ore e con tutti i metodi.

Calcutta ha per ora la fortuna di non essere una città turistica. Anche se non si può certo definire un luogo rilassante. In ogni caso ai turisti non offre molto. A meno che uno non abbia una passione perversa per le baraccopoli o per i taxi gialli Ambassador. Pur essendo una delle città piú congestionate al mondo, una delle piú inquinate e caotiche, è un luogo miracoloso: per adesso uno straniero non corre quasi mai il rischio di essere considerato un pirata e di essere assalito dalle sue stesse prede, come invece accade a Machu Picchu o sulle Islas Flotantes.

Le eccezioni ci sono, ovviamente. E sono quei pochi luoghi nei quali si concentrano i turisti: New Market, Sudder Street, il Victoria Memorial e il tempio della dea Kali.

Il tempio si trova vicino alla stazione della metropolitana di Kalighat, al termine di una stradina infestata di bancarelle che vendono immagini della dea in innumerevoli versioni. Ci sono poi le solite fontane, gli snack da strada, la gente che cucina lungo i marciapiedi. L'intero classico repertorio di questa città.

Accanto al tempio, la prima casa di Madre Teresa: senza porta, accessibile ai piú disperati. È un antico tempio abbandonato, trasformato in casa dei morenti nel 1952: il Nirmal Hriday, la casa del cuore puro.

Il piccolo tempio della dea Kali, in teoria, non è un luogo turistico; anzi, l'ingresso è proibito ai non induisti, come nella maggior parte dei templi indú. Tuttavia, qualche stupido turista, come me, finisce per entrare. O, meglio, viene convinto a provarci.

Per provare a entrare si fa cosí. Ci si lascia catturare da una guida abusiva. È facile, la guida ti riconosce subito: una macchia bianca in mezzo alla folla dei veri pellegrini. Ti prende per mano e ti porta in una bottega. Lí ti fa lasciare le scarpe e ti dà i fiori che dovrai lasciare in offerta. E tu capisci subito che sono i tuoi soldi la cosa che lascerai davvero.

In ogni caso, non potrai cambiare idea facilmente, cioè svignartela, lasciando la guida con un palmo di naso: bisognerà prima cercare di recuperare le scarpe.

Il tempio della dea Kali non è il Taj Mahal, è anzi piuttosto insignificante: un edificio senza alcun particolare pregio. Ma quanti possono dire di esserci stati?

Io, sí. O quasi: scalzo nel fango, tirato di qua e di là da un uomo che recita la solita pappardella, insultando la sua stessa religione. Mi spiega tutto in due parole: chi è Kali, chi è Shiva, cosa bisogna offrire per ottenere amore, denaro, fama e successo. È il regno della superstizione. Sotto i miei piedi la merda di capra: gli animali sono confinati in un piccolo recinto, in attesa di essere sacrificati alla dea.

Poveri e storpi sono ovunque, venuti a chiedere chissà cosa. Che cosa si aspettano che la dea possa fare per loro? Che cosa ha fatto finora?

Piú o meno le stesse cose che la Madonna di Lourdes o padre Pio hanno fatto per i nostri poveri e per i nostri storpi, lassú, nella sofisticata Europa.

Per far passare me, il sahib, ossia il bianco pieno di soldi, la guida e i suoi complici spazzano via una vecchietta gobba che sta in piedi a malapena e ci maledice: è per lei, per la gente come lei, che mi vogliono ora far lasciare un'offerta davanti a una statua di Shiva. Per i poveri. La sua maledizione me la merito tutta. Mi mostrano un registro sul quale ci sono i nomi di una serie di stranieri (veri? inventati dalla mia guida?) che avrebbe lasciato offerte astronomiche: 5000, 6000 rupie per ottenere amore, fama, successo, denaro.

Dovrei lasciare cento euro a questi malfattori?

Lascio trecento rupie, cinque euro. Somma ridicola: nessuno lascia cosí poco, mi dicono esterrefatti. Allora io sarò il primo, gli rispondo. Rivoglio solo le mie scarpe. Immagino già che non le troverò piú. Ma che mi importa, del resto? Erano vecchie scarpe da ginnastica mezzo rotte.

Invece perfino i piú manigoldi a Calcutta non sono davvero cattivi: la loro fantasia criminale arriva fino a un certo punto.

O forse il tempio della dea Kali non è abbastanza famoso tra i pirati del mondo perché si possa pretendere di piú.

Me la cavo con altre venti rupie da lasciare alla donna che mi ha custodito le scarpe e, dopo una breve discussione, sono libero.

Mi lavo i piedi alla prima fontana.

Una scena che ho visto infinite volte a Calcutta: qualcuno che si lava a una fontana. Ora io sono come quella gente che vive per strada, come gli uomini-mulo che trascinano i risciò, come l'ultimo pezzente di Calcutta. Se non fossi solo, però, se con me ci fosse un amico, mi farei senz'altro scattare una foto: mentre gratto via la merda di capra dalla pianta dei piedi. E sorrido. Manca il fotografo perciò mi devo accontentare degli sguardi un po' stupiti dei passanti: ho la sensazione di fare qualcosa di sbagliato.

Questo no. Questo un bianco non lo può fare. Neppure per il sacro dio del turismo.

Mi rimetto le scarpe. Prendo la metropolitana e vado a Park Street. All'Oxford Book Shop, oltre ai libri, vendono qualsiasi prodotto che possa eventualmente interessare un ricco sahib. Compro una confezione di Pure Hands Himalaya, da 50 ml, il magico liquido che protegge le mani dai germi: una specie di disinfettante da viaggio che molti turisti in India si portano dietro e che, dopo l'esperienza nel tempio della dea Kali, anch'io ho sempre con me. È il mio nuovo dio: l'entità misteriosa che mi protegge dai germi e dalle ingiustizie del mondo.

Per capire Calcutta.

A Calcutta scrivo ogni mattina due ore e mezzo, dalle 7,30 alle 10. Per il resto della giornata cammino, guardo, cerco di ricordare quel che vedo.

Ma non è per capire questa città che scrivo. Non è difficile capire.

Sono già abbastanza cinico per capire. Non servono gli scrittori per questo: siamo già cosí informati, tutti cosí intelligenti e al corrente delle cose del mondo, che capiamo benissimo tutto.

Quel che è difficile davvero è interessarsi al mondo. Ricordarselo. Non fare spallucce. Difficile è convivere ogni giorno col proprio cinismo, rieducarsi all'ingenuità e allo stupore.

Scrivere per due ore, forse serve solamente a me stesso – quando serve – per coltivare la speranza di migliorarmi. Che è già un po' piú di nulla.

Sono tornato in questa città nel 2008, dopo sette anni dal mio primo viaggio. Sono arrivato in un momento cruciale, nel quale le baraccopoli ormai coesistono con le shopping mall scintillanti: androni sterminati agghindati di luci bianche che evaporano nell'aria condizionata. È Natale. Il Natale degli inglesi e degli americani. Il clima è temperato e per strada si sta benissimo in magliettina, ma ovunque ci sono renne, neve, slitte e abeti di plastica.

Scrivo per incredulità: perché mi sembra di vedere al massimo del suo nero splendore il mondo dei nostri giorni, che sopraggiunge, veloce come non mai e, invece che spazzare via la miseria, la ingloba, la trasforma e la «assume» nei centri commerciali, pagandola qualche migliaio di rupie al mese.

A Calcutta nel 2008 può ancora capitare di farsi portare in uno sfavillante centro commerciale sopra un risciò vecchio di trent'anni, trainato da un uomo-mulo che attraversa scalzo il traffico rintronante della città, i piedi duri come cortecce d'albero.

Come si fa a credere alle famiglie miserabili del Bihar venute a Calcutta in cerca di un sogno, e che si scavano la casa lungo la ferrovia, accanto ai cassonetti?

E alle donne che cucinano inginocchiate sul marciapiede? Poco piú in là, la Shopping Mall di Southcity: un pavimento bianco, spazzato ogni mezz'ora, e tre o quattro guardie che controllano le porte automatiche per accertarsi che i miserabili restino fuori; mentre ragazzini ben vestiti, identici a quelli di Milano, di Vicenza e di Olbia, entrano noncuranti, cellulare alla mano, nella nuova casa. A loro pare già tutto talmente ovvio, talmente naturale!

Quei ragazzini coi cellulari in mano e quei pezzenti del Bihar camminano sugli stessi marciapiedi, respirano la stessa aria inquinata, bevono il tè fatto con la stessa acqua putrida; stanno sommergendo nella stessa spazzatura lo stesso pianeta. I primi la producono, i secondi la setacciano per sopravvivere.

Credono gli uni agli altri, senza neppure stupirsi. Ci credono, ma non si guardano piú. Forse neppure si vedono.

È anche possibile che i mendicanti vedano i ragazzini sofisticati, ma i ragazzini invece cosa vedono? Neppure parlano piú la stessa lingua: gli uni parlano bengali, gli altri preferiscono parlarsi in inglese.

La Calcutta del Natale 2008 forse mi pare incredibile solo perché qui i colori sono diversi da quelli di casa mia; la lingua è per me incomprensibile.

Per riuscire a crederci devo fare un esercizio di spostamento: io a Cagliari, a Roma, a Torino, in queste città che conosco bene. Le mie passeggiate preferite, a Cagliari da piazza Yenne fino al Bastione di Saint Remy, accompagnato dall'odore delle paste alla crema; a Roma, da piazza Trilussa fino a Campo de' Fiori, la mattina prima che finisca il mercato; la sera a Torino, lungo tutta via Po per arrivare a piazza Vittorio e alla cupola blu della Gran Madre, illuminata sul fiume.

Fuori percorso, i palazzi di borgo Sant'Elia, dove a Cagliari, molti anni fa, sono stati confinati i mendicanti del Bihar; e Porta Palazzo di notte, selvaggia e abbandonata, a due passi dalla cattedrale di Torino; a Roma, il cavalcavia di cemento che sovrasta la stazione Tiburtina e lo storico cimitero del Verano: nessuna grazia, nessuna pietà per i morti. Nello stesso luogo geografico in cui si trova piazza Navona, ma in un diverso luogo dello spirito.

I miei occhi abbandoneranno Calcutta: la racconterò agli amici, ne parlerò come di un posto lontano. Scriverò. Poi perderò la voglia di parlarne. Niente piú che un mio antico bottino turistico, buono per un aneddoto ogni tanto.

E, senza neppure accorgermene, ridiventerò cieco a casa mia.

La periferia di Olbia e il quartieraccio di Pred'Istrada a Nuoro. Is Mirrionis e Latte Dolce. Niente di strano. Tutte le assurdità saranno confinate qui, a Calcutta, nella città della gioia, dove tanto, a pensarci bene, non c'è da stupirsi di nulla. Come a Machu Picchu o sulle Islas Flotantes.

Da noi invece nulla di male ci può capitare: perché tutto è esattamente là dove lo abbiamo messo, ossia dove il caso ha deciso che doveva stare. E gli orrori arrivano solo fino a dove i nostri occhi hanno il coraggio di guardare.

L'infinito non finire
di Marcello Fois

1.

Ho tradito

Ho pensato che fossimo ridotti a galera,
a terra di punizione,
ma padri navigatori,
dalle teche mute di musei dimenticati, ancora oggi,
urlano di mari solcati,
di civiltà prospere e di terre feraci come l'Eden.

Eppure da sempre l'altrove
sussurrava parole piú rotonde,
malíe di mondi irraggiungibili.

2.

Ho tradito.
Ho abitato quella precisa condizione d'inferiore
desiderio.

Perché hanno,
abbiamo,
chiuso la nostra Storia sotto i cristalli,
perché l'abbiamo,
l'hanno,
costretta a strisciare nei vicoli
quando i pomeriggi sono deserti e assolati.
Ombre tristi.
Gregge disperso.

3.

Qualche volta,
semplicemente,
mi sono fermato a guardare il mare.

Ho tradito.

Ho tradito senza capire.
Quando quello che vedevo
mi pareva l'immagine di qualcosa di cui dovevo,
per forza,
accontentarmi.

Lí, precisamente, ho tradito.

E poi ho capito.

Un giorno a Pamukkale
quando quello che vedevo mi sembrò all'improvviso
concordante e non piú dissonante.

Solo allora ho capito di aver tradito.

C'era un cane che vagava fra le rovine.
Un cane non molto diverso da quello del mio avo
pastore;
c'era una costruzione di pietre squadrate
pietre in tutto simili a quelle lavorate
dal mio avo scalpellino;
all'orizzonte c'era esattamente
lo stesso mare che bagna la terra dei miei avi.

E…
…c'era, oh, un profumo
di essenze macerate dall'aria salsa
e un retrogusto amaro di ginepro,
in tutto,
esattamente,
identico a quello dei miei avi ginepri.

Ecco.
Quella è stata una rivelazione.
Semplice e terribile: perché avevo tradito.

Ho tradito anche quando mi sono convinto
d'essere portatore di specialità.

Come se,
ostinatamente,
balzassi dal baratro all'apice di me stesso,
dalla palude dell'umiliazione,
e dell'autocommiserazione,
al picco irraggiungibile dell'orgoglio cieco.

Ho tradito
nel momento stesso in cui ho pensato
che l'unico modo
per difendermi dal senso di inferiorità
fosse quello di dichiararmi,
a tutti i costi,
superiore.

4.

Io ho fatto il turista a casa mia.
Certo.
Nella terra/spiaggia.
Nella terra/ciambella.
Nella terra/vacanza.

Io ho visto bene me stesso col costume della festa.
E mi sono visto come gli altri mi vedevano,
non com'ero.
Perché adattarsi allo sguardo altrui

può diventare una forma di sopravvivenza,
ma anche una forma di eutanasia.

Quanto tempo ci ho messo a decidere?
Quanto tempo ci ho messo a capire?
Io non c'ero,
semplicemente.
E quello che c'era non ero io,
ma l'immagine di me:
taciturno,
amico fedelissimo,
gran lavoratore...

Sardo-sardo,
troglodita di lusso,
amorevolmente dimesso eppure diffidente e
        distante.
Con memoria d'elefante e vellutino,
e,
oggettivamente,
piccolo di statura...
Ma ben fatto.

Sardo-sardo.

Io sono stato un'immagine d'altri:
bastava solo aprir bocca.
Io sono stato la conferma di un luogo comune,
volendo rinunciare,

per smarrimento
a quanto disattendesse il canone non scritto.

Oh…
Ho condotto eserciti di amici
continentali
in giro per spiagge
sforzandomi di mettergli a disposizione
quanto di meglio possedessi.
E mi aspettavo sguardi incantati,
ma anche quegli sguardi erano solo parti in
      commedia.
Dopo la roccia cercavano il resort…
E alla spiaggia gli stabilimenti…
E un chiosco decente in riva al mare.

Ho fatto il tour operator di me stesso:
mi sono guardato ballare anziché imparare a ballare,
mi sono sentito parlare anziché imparare a parlare.
Ho vestito il costume senza metterci il cuore dentro.
Il cuore era sempre da un'altra parte,
dietro le quinte,
nell'attesa di un riconoscimento
e di qualche moneta nel cappello
alla fine dello spettacolino.

5.

Ho visto
in questa terra
anime straordinarie che si ostacolano il cielo
con recinzioni invalicabili.
E sono prigioniere di loro stesse.
Ho visto,
per questo,
anime straordinarie diventare stracci.
Ho visto quantità inesprimibili di sofferenza
per questo atroce rinchiudersi.
Poi ho visto,
in questa terra,
anime piccole e grevi
accontentarsi di quell'orizzonte limitato.
Di quel cielo recintato.
Ho sentito la loro invidia che mi fiatava sul collo,
per una presunzione di felicità.
Le ho viste anelare al minimo indispensabile,
con occhi sclerotizzati,
con arti paralizzati.
Le ho viste rimpicciolirsi
giorno dopo giorno per una gloria passeggera,
per un emolumento:
anime giovani diventare vecchie di rabbia
e anime vecchie tirare a campare.

E quanti ne ho visti di fantocci privi di talento
imprecare contro il talento
e scaldare le sedie dell'infimo potere
per una rivincita temporanea.

Poi,
quando il vento lacera le recinzioni,
e il cielo può dispiegarsi nella sua incontenibile
immensità,
allora chi è piccolo davvero non ha scampo.

6.

Questo quanto vedo,
quanto ho visto io di me,
ma non è detto che il mio sguardo mi appartenga,
forse da qualche parte c'è qualcuno che,
meglio di me,
guarda la mia immagine.

7.

Se poi, nel cercare di capire come può essere
che anche dall'ombra possa scaturire un senso,
vi trovaste a passare da queste parti,
ebbene è da qui, da qui soltanto, che bisogna partire,

perché questo è il posto giusto,
di bellezza violata,
di roccia stuprata,
d'acqua strozzata nell'arteria di cemento armato.

Da qui, da questo centro, ha origine
l'infinito non finire…
La bruttura sopra ogni bellezza,
lo svelamento senza mistero,
la profanazione che, da sempre,
non prevede rispetto.

Paradosso del narrare
è di sorprendere con l'ovvietà.
E allora, ovvietà per ovvietà,
l'infinito non finire
è solo presuntuosa
negazione del morire.

8.

Se poi
vi trovaste a passare da queste parti
ricordateci di quando ci piacevano
le vittorie,
ma anche le sconfitte.

Quando alle vittorie innocue preferivamo
le disfatte. Eterne.

Che sono peggiori le sconfitte non riconosciute...

L'infinito non finire
è dispensa dall'errore,
è giustificazione...
è comprensione di palese isolamento,
ma anche disperato riconoscimento
di quanto poco conti.

Sarebbe onorevole sapere
di perderti da solo
e da solo ritrovarti...

Semmai, per caso, fossi nato da queste parti...

Cantata profana
Libretto per musica (1960)
di Salvatore Mannuzzu

Personaggi:
Giudice
Maresciallo
Giovane carabiniere
Medico condotto
Prete

I.

CORO A CINQUE

La sera si sgretola silenziosa,
in diagrammi d'insetti, ai margini
d'un fosso: cupo lievito
dirama, un frullo
caduto

ut te postremo donarem munere mortis
et mutam nequiquam alloquerer cinerem

ma è la notte ancora mortale
perde gli ormeggi questa terra attorno
segue il brucare al vacillante suono
vicina una risacca e il suo nome
                              buia

fascia d'angustia, bandiera
di solitudine
            straniero: Is Venas.

II.

GIUDICE
 I fumi increspano quel che resta
 del grano verde
 brucato dalle pecore: qui
 al cospetto del mare
 liscio e bianco di foschia
                    in ginocchio
 dentro questa bassa capanna – dove
 nell'ombra insiste il ronzio d'una vespa –
 le mani che penzolano cianotiche
 gli occhi mal chiusi in opaco consenso
 – se ne dia atto, l'istruttoria
 è aperta.

MARESCIALLO
Signor Giudice,
della stagione conosciamo i frutti;
ed è maturo questo
qui appeso: dura legge
ma legge. Quando lei dirà
lo staccheremo dall'albero
che lo regge
– Carrus Raffaele, anni 49, sanverese –
per riportarlo sul trattore
in paese.
Sí, l'anno è bisesto, la luna
sempre cattiva: tempo di carestie,
suo il maleficio funesto;
con il gesto insano
l'appeso in oggetto
– trabocca il vaso per una goccia –
gli si è arreso.

GIUDICE
Confesso la paura
del morso delle sue pulci,
già cosí gonfie.

MARESCIALLO
Un uomo quindi ucciso
da povertà di pascoli:
dalla eterna, crudele incuria

degli elementi naturali.
I debiti maturano
a queste primaverili scadenze
con le covate e le mele di San Giovanni.
Rafelle non era il peggiore del gregge:
anche questo suo ultimo insano
gesto è ossequio alla Legge.

MEDICO

Vittima del tempo funesto
o d'un dissesto d'amore?
(«Sarà mio questo figlio?»)
Del tempo funesto, d'un disastroso
sconfinamento di pecore all'alba
o d'un anno bisesto
lungo 49 anni?

GIUDICE

Cinghia e fune si recuperino
senza rotture.

CARABINIERE

*Scarpe tipo soldato con relative stringhe
e pezze; calzoni e corpetto
in velluto rigato.
Vecchie, indecenti mutande di tela
del nonno, tutte strappate; non porta
camicia.*

MEDICO
Ha luogo la ricerca
dello sperma, dato sintomatico
del decesso per soffocamento,
frequente complemento di simile
natura morta:
lacrima autentica delle cose.

PRETE
Dovrà avere anche la mia parola
benché abbiamo poco da dirci.
È solo per dissentire
paternamente:
si può celebrare la messa
presente il corpo del reato?
Povero Raffaele:
speriamo nella follia.
Ogni stagione è colma
d'incendi, siccità o altre
sciagure;
e ogni umana vita è fatta
di misteri dolorosi.
Ma la storia del mondo
imperterrita continua, l'infinita
Creazione non si arresta,
digerisce ogni boccone.

MARESCIALLO
  La storia del mondo è questa,
  sempre: il forte si salva
  e il debole perisce.
  La striglia (è dimostrato)
  giova anche agli uomini.
  E il lavoro rende liberi
  è stato detto saggiamente.

MEDICO
  Possiamo concludere con certezza
  che a lui la vita
  costava troppo, quindi è divenuta
  troppo impaziente la sua pazienza.

MARESCIALLO
  Colpevole: sí, colpevole
  di questo o d'altro.
  E la storia è finita.

MEDICO
  Chi è in grado di risalire
  le ignote latebre, spiare i motivi
  degli altri?

GIUDICE
  Diffidenza è l'unica difesa
  aprire lentamente
  non il cuore ma l'intelligenza.

MEDICO
Ed ecco il bue umano
è pronto per la vendita,
dopo il macello.
Attenti alla setticemia.
Davanti al mare – ormai tramonta –
rosse interiora si adunano
nel bacile di sughero.
Di nuocersi non finisce.

CARABINIERE
Un lieve vento mescola il Sinis,
scuote i magri fermenti,
affiorano i tradimenti
dell'anno, gli stagni si fanno piú scuri.

III.

GIUDICE
Si è fatto sufficiente silenzio,
e può iniziare
l'ufficiale compianto
di Carrus Raffaele, 49 anni, da San Vero.

MARESCIALLO
Amen. Un padre
di famiglia abbastanza quieto

abbastanza benvoluto e praticante
abbastanza venduto
di sentimenti politici onesti
tre contravvenzioni di rado
(o quasi) ubriaco, il maggiore
dei figli all'Avviamento, che altro
si può pretendere da un servo pastore?

CARABINIERE
*Potrebbe essere allora mio padre
o il vostro: per il fetore
mi metterò contro vento. Vecchiaia
e malattia, piú turpe colpa,
fantasma che si affaccia nelle sere
di caserma, in vuote camerate,
al sistro greve delle radio
a transistor, rimprovero confuso
nel ricordo: «Parlandomi esalava
fiato di morte».*

MARESCIALLO
Avendone congrua competenza
aggiungerò che vengono dai vivi
i piú gravi rischi.
Siamogli dunque grati
per quanto ci ha evitato.

CARABINIERE
*Non portava camicia; ignobili mutande
d'una buonanima; calzoni*

e corpetto in velluto rigato.
Scarpe tipo soldato con relative
stringhe e pezze.
Amen.

MEDICO
Un veleno cova nel sangue,
cosí talvolta si perdono i figli.
Che altro resta dell'amore, dell'affannosa
copula, in gara con la vita?

GIUDICE
Ogni cosa ha il suo prezzo umano
e noi ignoriamo le regole del mercato.
Amen.
Sono innumerevoli le forme
storiche della disperazione,
troppi i modi di morire.

MEDICO
Sapessimo graduare
gli sforzi della macchina,
il peso dei nutrimenti
e il rischio dei sentimenti,
il numero dei fremiti.

PRETE
Ci resta solo una preghiera:
liberaci dalle nostre volontà.
Amen.

GIUDICE
   Una preghiera e la toeletta finale
   a spese della patria:
   ricucirlo col grosso ago, vestirlo
   di legno d'abete.

PRETE
   Addio, Raffaele.
   Oltre questa soglia
   non possiamo accompagnarti.

CARABINIERE
   Come tutto si fa opaco a quest'ora.

PRETE
   Raffaele, dove andrai
   senza i miei canti?

CARABINIERE
   È questa la veglia rituale, un velo
   di lutto nel lungo crepuscolo
   primaverile cala
   su tutto, del mare
   invisibile cresce piú vicino
   il respiro
             – è questa
   la voce dolce e nefasta della patria?

GIUDICE
　Per avere troppo voluto,

MARESCIALLO
　per avere troppo fidato,

MEDICO
　il rimorso si rapprende in fondo al cuore,

PRETE
　il giorno scivola

GIUDICE
　al traguardo inaspettato.

IV.

CORO DEI SOPRAVVISSUTI

　Nella memoria fievole e buia
　di tempi tanto infelici
　noi che guardiamo avanti
　che siamo la certezza

　inutilmente crudele,
　inutilmente pietosa,

noi di questa guerra
sconfitti e vincitori

innocenti uccisori
di reprobi mai nati,
puntelli della rovina,
radici senza terra

noi vi diciamo: questo
umiliato germe di vita
che di qui vi giunge
nemico a chi lo porta

noi non salva, rimane
velleitaria la sortita,
indivisa la colpa, fallita
l'occasione

la terra lentamente assorbe
sangue e memoria,
ogni speranza langue
nel sonno della storia

di noi non abbiate pietà.

L'eredità
di Michela Murgia

L'avresti detto mai, o Babbo, che sarei diventato quello che sono?

Secondo me no, e a vedermi oggi ci sarai anche rimasto male.

Tu avevi già le idee decise per me: farmi studiare tanto, bene e proficuamente, come Gramsci, come Asproni, come studia la gente ricca, che fa i figli dottori e le figlie professoresse contro l'invidia del paese e contro il destino rigido dei figli dei pastori.

Non importa se gli altri bambini portavano i pantaloni corti fino a dodici anni: tu a me facevi già mettere quelli lunghi dei grandi, di velluto a righe e stretti in fondo, anche se costavano di piú. Mi avevi fatto fotografare con quelli addosso, in piedi vicino alla sedia del salotto, quella dove in trent'anni si saranno sedute sei persone in tutto.

Io lo so perché mi hai fatto prendere quella fotografia, Babbo: in piedi vicino al fotografo tu mi vedevi già seduto lí, un impiegato di concetto in pectore, un anticipo di quello che avresti voluto che diventassi. Tuo figlio, certo. Ma anche uno studiato, uno che si guadagna il pane tenendo il culo appoggiato a uno scranno. Dottore, avvocato, ragioniere, geometra, comunque signore. Non come te, con la schiena rotta dalla zappa all'oliveto e in vigna. Non come te, con la pelle rigata dal sole preso appresso al bestiame al monte.

I tuoi vicini credevano che tu fossi scemo, Babbo. Chi ha un figlio solo non lo manda a scuola, sennò a seguire il bestiame e il terreno chi ci resta? I vecchi muoiono, ma le pecore restano e qualcuno di casa per loro deve esserci.

Non sono le pecore l'eredità dei figli, ma i figli l'eredità delle pecore: questa è la regola da sempre e guai a chi si crede l'eccezione.

Non ho mai capito il perché tu avessi deciso che l'eccezione dovessi essere io.

Non hai mai letto un libro in vita tua, Babbo, e certo non eri un uomo che avesse mai desiderato essere piú di quel che era. Eppure per me hai voluto sognare l'impossibile: libri, banchi, maestri, diplomi, denaro e titoli, tutto quello che nella tua testa voleva dire rispetto, rispetto vero.

«Le vigne le incendiano, le pecore le rubano, se hai suscitato invidia te le sgarrettano, ma un dottore è dottore comunque». Questo credevi e questo ho voluto credere anche io davanti ai tuoi occhi fiduciosi di me. Per anni ce l'ho messa tutta, Babbo. Per anni non ti ho detto mai niente e del resto che senso avrebbe avuto? Le tue orecchie non mi hanno ascoltato mai. Tu avevi già deciso tutto ed era un'offerta cosí ricca, cosí onerosa, che nessun altro figlio avrebbe rifiutato.

Avessi almeno avuto un fratello a cui scaricare addosso quella tua ansia di vedermi signore! Invece c'ero solo io, un acrobata senza rete che cammina sul filo dei sogni di un altro. Mamma l'aveva capito che non volevo studiare, ma lei era l'unica persona al mondo che ti temeva piú di me e cosí stemmo zitti in due.

Ho studiato, Babbo, proprio come volevi tu.

Mungevi le pecore alle 4 di notte, tosavi aiutato dai figli dei vicini e mentre facevi il formaggio andavi dicendo che tuo figlio studiava da avvocato; ti prendevano per matto, Babbo, perché è una ricchezza che non suona quella della conoscenza. Tu per qualche motivo misterioso l'avevi capito, ma nessuno dei tuoi vicini poteva fare altrettanto, perché è gente che la distanza tra un povero e un ricco l'ha sempre misurata in pecore. Io invece stavo a Cagliari con la testa china sui libri di diritto civile e penale, e l'ho fatto per anni, tutti quelli che servivano.

Alla fine sono diventato avvocato davvero, Babbo, e quel giorno avrei voluto dirti che avevi ragione tu, che studiare serve, ma tu non c'eri piú da un anno e mezzo quando io mi sono laureato.

È un peccato, Babbo. La vita a volte ti fa scherzi brutti. Lo pensavo l'altro giorno camminando verso il monte con il gregge. So che gli altri ridono e pensano: *hai visto il figlio di Bissenti, laureato per finire appresso alle bestie*! Non sanno che chi ha imparato a riconoscere il confine silenzioso tra la giustizia e la legge conosce anche la distanza che c'è tra gli uomini e quello che li determina. Non hanno scienza né coscienza e la loro vita è già condanna sufficiente per il reato di essere nati.

I figli dei tuoi amici fanno l'unica cosa che gli hanno insegnato i loro padri ed è per questo che stanno appresso alle pecore.

Io invece faccio l'unica che volevo fare ed è questo, non le pecore, che fa di me un pastore.

Grilli in testa
di Paola Soriga

C'era un'amica di mia mamma che, per le vacanze di natale, veniva sempre a trovarci il 26, di pomeriggio tardi, e mi regalava un libro. Veniva da sola, carica di borse e scialli e un profumo speziato, aveva uno spazio fra i denti davanti che rendeva il suo sorriso bellissimo e unico. Portava un regalo per tutti e noi ne davamo uno a lei, di solito erano cose che sceglieva mia mamma, dei saponi dell'erboristeria, delle collane del negozio qui dietro che, secondo me, lei non metteva mai. Siamo nate lo stesso giorno ma lei quindici anni prima, qui in paese, ma poi se n'era andata. Forse venire il 25 le sembrava troppo intimo, troppo familiare, veniva sempre il giorno dopo, e chiedeva e raccontava il pranzo di natale, i regali, raccontava sempre cose che mia mamma un po' si entusiasmava, un po' la rimproverava. A Pietro regalava sempre giochi, anche quando era piú grande, un libro sempre e solo a me. Ogni anno, fra le bibite le noci i cioccolati il telefono che squilla e mio babbo che entra e esce, sul divano del soggiorno, le luci isteriche del presepe, mia mamma sospira e le chiede allora? ti sei fidanzata? Ogni anno, il libro regalato, mia mamma dice fai vedere, lo prende, lo guarda, lo gira. Sorride, me lo ridà, poi, quando lei è andata via, trova il modo di dire lasciali stare i libri, che ti fanno venire i grilli in testa. Lei, ti sei fidanzata? diceva sempre no ma la faccia, ogni anno, mi sembrava, era diversa. Io, i grilli in testa, fino agli undici anni ne avevo un po' paura, mi toccavo spesso la testa, per vedere se c'erano. Quell'estate, a fine giugno facevo il compleanno, qualche giorno prima la testa ha iniziato a prudermi fortissimo, mi grattavo e mi grattavo finché mia mamma mi ha detto che cos'hai? fai vedere e io le ho detto devono essere i grilli. I grilli? Ha detto lei, i grilli, ho detto io, mi devono essere venuti i grilli in testa. Mia mamma si è messa a ridere e mi ha guardato la testa, i pidocchi, hai, altro che grilli. E mi ha fatto dormire tutta la notte con una polverina bianca in testa, la testa dentro una cuffia per la notte, di giorno mi faceva mettere con la testa verso giú e toglieva le uova, una a una. Allora, i grilli in testa non ce li avevo, ma lei aveva riso, cosí non le avevo chiesto spiegazioni. Una cosa che avevo capito, tra gli undici e i quindici anni, era che, se io avevo i grilli in testa per via dei libri, se i libri me li regalava lei, allora anche lei doveva avere i grilli in testa, e se lei non era fidanzata (che erano le due preoccupazioni principali di mia madre: i libri e il fidanzato), allora, avevo capito che se avevi i grilli in testa non ti fidanzavi. Il natale dei miei dodici anni *Piccole donne*, mi aveva regalato. Il natale dei miei tredici anni *Orgoglio e pregiudizio*, mi aveva regalato. A marzo, il marzo dei miei tredici anni, la professoressa di inglese, era una carina, di cui mi fidavo, alla ricreazione era rimasta in classe e scriveva sulla sua agenda, mi sono fatta coraggio, era una giornata in cui sentivo di avere molto coraggio, mi sono avvicinata, le ho chiesto professoressa, perché a qualcuno gli vengono i grilli in testa? Lei ha sollevato lo sguardo sulla mia faccia piena di coraggio, mi ha detto perché hanno grandi progetti, speranze, illusioni. Il natale dei miei quattordici anni *Una donna*, mi ha regalato. Due cose avevo capito dalla risposta della professoressa di inglese, che i grilli, in testa, non c'erano *fisicamente*, come c'erano stati i pidocchi con le uova e il prurito e tutto, c'erano sotto forma di voci, erano quelle voci lí della mia testa con cui parlavo spesso, e hanno continuato a farmi paura. L'altra cosa che avevo capito era che progetti, speranze, illusioni, sono per alcuni sinonimi. Il natale dei miei quindici anni *L'isola di Arturo*, mi ha regalato. Mia madre ha detto fai vedere, l'ha preso, l'ha guardato, l'ha girato, me l'ha ridato, è andata in cucina a prendere il panettone. Io ho guardato lei, il suo sorriso con il buco in mezzo, veloce le ho chiesto ma tu, ce li hai i grilli in testa? Eh, mi ha risposto lei, ne ho ancora qualcuno, da ragazzina ero piena. Eh, ho detto io, missà che anch'io sono piena. Mia mamma è entrata e io mi sono girata verso Pietro che faceva funzionare il suo gioco appena scartato, ho fatto finta di niente. Il natale dei miei diciassette anni *Cime tempestose*, mi ha regalato. Due giorni prima, l'ultimo giorno di scuola prima delle vacanze, Matteo, che era il mio compagno di banco e secondo me era il mio innamorato, si è baciato alla ricreazione davanti a tutti con una che non avevo mai visto. Ero rimasta atterrita stupita e vuota, e avevo pensato che progetti, speranze, illusioni per me sono sinonimi e sinonimo è anche sogno. E certamente, Matteo se bacia una sconosciuta davanti a tutti e me mai, è per via dei grilli, che se ce li hai non ti fidanzi. Il natale dei miei diciott'anni lei non è venuta. Ci siamo tutti lavati e messi i vestiti della domenica, poi Pietro è andato a casa di Giovanni nostro cugino, io sono andata in città con le mie amiche, e mia mamma e mio babbo sono rimasti seduti in salotto, ad aspettare la visita di zio Giorgio e zia Claudia, che il 25 non erano potuti venire a pranzo. Lei non la vedevamo da marzo, che era passata un pomeriggio qualunque, e con mamma non si sentivano da poco tempo dopo, non ho mai capito se avessero litigato o cosa. Il natale dei miei diciott'anni nessuno mi ha regalato un libro, i grilli in testa continuavano a parlare, mi sentivo come sperduta, e lei mi mancava.

Indice

p. 3	Un uomo fortunato *di Francesco Abate*
15	E se fosse una malattia? *di Alessandro De Roma*
33	L'infinito non finire *di Marcello Fois*
43	Cantata profana. Libretto per musica (1960) *di Salvatore Mannuzzu*
55	L'eredità *di Michela Murgia*
59	Grilli in testa *di Paola Soriga*

*Stampato per conto della Casa editrice Einaudi
presso ELCOGRAF S.p.A. - Stabilimento di Cles (Tn)*

C.L. 22157

Ristampa						Anno			
3	4	5	6	7	8	2014	2015	2016	2017